La luz del sol ilumina la silenciosa pradera.

Es muy temprano y si se escucha atentamente,

puede oírse cómo van abriéndose

las primeras flores de primavera: ›Plof‹, ›plif‹, ›plaf‹.

Para **Regina** I. A.

y **Mojan** A. H.

Título del original alemán: *Alberta geht die Liebe suchen*

Traducción de Eduardo Martínez

© 2004 Patmos Verlag GmbH & Co. KG

Sauerländer Verlag, Düsseldorf

© 2007 para España y el español: Lóguez Ediciones

Ctra. de Madrid, 90. Apdo. 1. Tfno. (923) 138 541

37900 Santa Marta de Tormes (Salamanca) 2007

ISBN: 978-84-89804-78-4

Printed in Germany

Alberta
va en busca del amor

Texto de Isabel Abedi
Ilustraciones de Andrea Hebrock

Lóguez

Mamá topillo ha sacado su cabeza de la cueva,

donde ha pasado el invierno con su hija Alberta.

Parpadea. Necesita acostumbrar sus ojos a la luz.

"¡Achís!", estornuda. Un rayo de sol le hace cosquillas en la nariz.

Finalmente, se decide a salir y se estira

en el cálido aire

¡Qué bonito está todo! ¡Y qué bien huele!

Mamá topillo llama a su hija:

"¡Despierta, Alberta!"

"¡Uuuuaaahh!", se despereza adormilada Alberta. "¿Qué sucede?"

"¡Ha llegado la primavera!", dice mamá topillo.

"¿Qué es la primavera?", pregunta Alberta con ojos semicerrados.

"La primavera es cuando todo despierta", le explica su mamá.

"Los ratones, los erizos, las marmotas, las abejas, los osos, las flores …

y el amor."

"¿Y qué es el amor?", pregunta Alberta y

se frota los ojos para quitarse el

último sueño del invierno.

"El amor", dice mamá topillo ensoñadora,
"es algo especial. El amor hace que parezca
como si revolotearan mariposas dentro de ti
y que, de tanta felicidad,
quisieras saltar hasta las nubes."
"¡Qué bien suena!", dice Alberta.

Después de desayunar

migas de pan y leche fresca de cabra,

Alberta se despide de su madre.

"¿Dónde quieres ir?", pregunta sorprendida mamá topillo.

"Voy en busca del amor", dice Alberta

y le da un sonoro beso.

Con el mejor de los humores, Alberta camina a pasitos por la pradera

verde hierba. Se fija en los apetitosos brotes de los árboles,

acerca su nariz a las primeras flores de primavera y saluda a otros animales,

que, a su alrededor, han ido saliendo de sus madrigueras de invierno.

Del amor, sin embargo, no hay ni huella.

Extraño, piensa Alberta y se enfada un poco

por no haber preguntado a su madre dónde se despierta

el amor en primavera.

¿En los árboles?

¿Entre la hierba?

¿A la orilla del pequeño lago?

Cabizbaja, Alberta da la vuelta

alrededor de un peñasco.

Y, de pronto, se oye ...

"¡Ay!, exclama Alberta y se frota la cabeza.

Ante ella, se encuentra un joven topillo frotándose también la cabeza.

"¿No puedes tener cuidado?", se enfada Alberta.

"¿Por qué yo?", pregunta el topillo. "Tú tampoco has tenido cuidado."

"Hum", refunfuña Alberta y examina al topillo.

"¿Qué estás buscando aquí?"

"Busco el amor", dice el topillo. "¿Y tú?"

"Yo también busco el amor", dice Alberta sorprendida.

"Bueno, entonces, busquemos juntos el amor", dice el topillo de buen humor.

Alberta arruga su pequeña nariz y piensa. "Está bien", dice finalmente
y alarga la mano hacia el topillo. "Me llamo Alberta."

"Yo, Fred", dice el topillo.

Y los dos se ponen en camino
en su búsqueda.

Se dirigen hacia los árboles que bordean la pradera.

"¡Uf, qué altos son!", dice Alberta, poniéndose de puntillas.

"No creo que el amor se encuentre en los árboles",

dice Fred después de un rato.

"Podría caerse fácilmente de ellos."

"Cierto", dice Alberta y cruza los brazos.

Hace fresco a la sombra de los árboles.

"Ten", dice Fred y le pone su jersey sobre

los hombros.

Después continúan buscando por la extensa pradera.

"Bueno, no sé", dice Alberta, que, poco a poco, siente dolor de

nuca de tanto mirar hacia abajo, "si el amor estuviera en el suelo,

entonces todo el mundo lo pisotearía."

"Cierto", dice Fred y retuerce pensativo los pelos de su bigote.

"Pero, ¿dónde podemos seguir buscando?"

Alberta se encoge de hombros. "Únicamente se me ocurre el pequeño lago detrás de la colina."

La colina es muy empinada.

"Ya casi lo hemos conseguido", resopla Fred, que sube directamente detrás de Alberta.

En ese momento, sin embargo, Alberta tropieza en una piedra y cae hacia atrás,

arrastrando consigo a Fred. Juntos, ruedan colina abajo.

Al llegar, están estrechamente abrazados.

"¡Ejem!", carraspea Fred y se levanta. "¿Te has hecho daño?"

"Creo que no", contesta Alberta con un hilo de voz.

Cuando Fred le alarga la mano para levantarla,

ella le mira a sus ojos marrones,

que brillan cálidamente.

Los dos topillos han alcanzado el lago. El día ha llegado casi a su fin.

"Será mejor que nos separemos", dice Fred.

"Tú vas por la izquierda, bordeando el lago, y yo lo bordeo por la derecha."

"De acuerdo", dice Alberta.

"¿Y?", pregunta expectante Fred
cuando los dos se reúnen de nuevo al otro lado
del lago. "¿Has encontrado el amor?"

Alberta niega decepcionada con la cabeza. "¿Y tú?"

"Yo tampoco", suspira Fred, "¡qué fastidio!".

Alberta señala hacia un pequeño bote de madera, que se
encuentra en la orilla. "Ven", dice animada,
"hagamos una pausa."

Uno al lado del otro, Alberta y Fred están sentados en el pequeño bote

dejándose mecer por el agua. Sopla una cálida brisa en el atardecer y,

detrás del lago, el sol se pone, sumergiéndose en el agua como una

gigantesca naranja en un rojo luminoso.

Alberta siente cómo la mano de Fred se aproxima a la suya

muy lentamente.

Por un momento, los dos permanecen inmóviles.

Después, Alberta nota una extraña sensación en su vientre.

Un hormigueo. Siente, a la vez, como si cientos de mariposas volaran de

un lado para otro dentro de ella. Y su corazón brinca de abajo a arriba

y de arriba a abajo, como si diera volteretas,

cada vez más y más rápidas.

Alberta gira la cabeza hacia Fred.

Él la mira a los ojos.

"Yo creo...", susurra Alberta.

"Yo también creo...",

susurra Fred.

Los dos se cogen de la mano
y bailan a lo largo de la orilla y brincan en el aire.
Tan alto como si quisieran tocar el cielo.